与謝野晶子の百首

松平盟子

目次

与謝野晶子の百首

凡　例

○作品は『鉄幹晶子全集』（勉誠出版）を底本としたが、ルビについては読みにくいものだけに振った。
○年譜は『年表作家読本　与謝野晶子』（河出書房新社）を元に製作した。

与謝野晶子の百首

第一章——恋1　鉄幹との出逢いと恋、上京へ（二十世紀初頭の空気が醸成したもの）

なにとなく君に待たるるここちして出でし花
野の夕月夜かな

〈その人を好きだからって、相手も自分を好きかどうかわからない。でも逢いたい。美しい花の咲き乱れる野をあてどなく歩くのは、その人が待っていてくれるかもしれないから。いつのまにか月も上ってきました〉

まだ本当の恋を知らない女性が恋に憧れ、ときめき、ほのかな憂いに漂う。そんな心持ちをロマンティックに描いた歌。しかし店番に明け暮れる晶子に、歌の世界は現実から逃避する夢だった。憧憬という名の恋ゆえの「花野の夕月夜」であり、言葉に導かれる映像的な美しさといえる。

『みだれ髪』

病みませるうなじに繊《ほそ》きかひな捲《ま》きて熱にかわける御口《みくち》を吸はむ

発熱したと伝えられる師・与謝野鉄幹に宛てた歌。まだ歌仲間と共に数回会っただけなのに、〈細い腕をその首に巻き付け、熱に乾いた御口に口を寄せて熱を吸い取ってあげましょう〉と。この能動的で妖しげな女性像は十九世紀末の西欧の「ファムファタル（運命の女）」のイメージをなぞったものだろう。実像とかけ離れた創作の中の絢爛たる自画像だった。
「病みませる」の「ませる」は謙譲・丁寧の助動詞「ます」の連体形。振りとしてのコケティッシュさをより際立たせる表現といえる。

『みだれ髪』

やは肌のあつき血《ち》汐《しほ》にふれも見でさびしから
ずや道を説く君

〈世の道理を説くだけで、恋を怖れ避けようとするあなた。でも私はこんなにも柔らかな肌を持ち、熱い血汐をたぎらせている。触れようともしないで寂しくはないんですか〉

ここにも「ファムファタル」的な、男性をそそのかし挑発する女性像が描かれる。この一首により「やは肌の晶子」とも揶揄されたが、おそらく翻訳文学に触発され、歌の中で思い切って奔放な女性を演じたのだろう。晶子自身、言葉によって鬱々たる現実から解放されたかったのかもしれない。

『みだれ髪』

髪五尺ときなば水にやはらかき少女《をとめ》ごころは
秘めて放たじ

近代までしばしば日本女性の美の基準は髪の長さで代弁された。「五尺」は約一五〇センチ。身長ほどの長さはもちろん誇張表現。

〈豊かな髪をほどいて水にさらしたら、どんなにか柔らかく美しくたゆたうことでしょう。でも私の柔らかな「少女ごころ」は秘密、誰にも語ったりはしません〉

「やはらかき」は上の句と下の句をイメージで結合したすぐれて技巧的な表現。晶子の自信は、黒髪と言葉のテクニックの両方にあった。

『みだれ髪』

おもひおもふ今のこころに分《わか》ち分かず君やし
ら萩われやしろ百合

与謝野鉄幹は白色を好んだ。「明星」ではそれを反映した雅号が男女を問わず流行し、たとえば晶子は「白萩」、山川登美子は「白百合」、増田雅子は「白梅」と呼ばれた。晶子と登美子は姉妹のように親しんだが、登美子は親の意向に従って郷里で結婚し、夫婦は東京に所帯を持った。

もしかしたらお互いの運命は逆になっていたかもしれない。一首からは揺れ動く思いと戸惑いが交錯する。

〈さまざまに思いを重ねる今の心に、もうどちらがどちらか分からなくなりました。もしやあなたが白萩で、私が白百合でしたか？〉

『みだれ髪』

むねの清水あふれてつひに濁りけり君も罪の
子我も罪の子

登美子が去った直後、鉄幹と晶子の距離は急速に近づく。鉄幹にはすでに内縁の妻があり長男も生まれていたが、翌年一月、晶子は京都で二泊を共にする。緊張と歓喜と煩悶とが晶子を変貌させ、歌を一新させた。

〈胸の奥からこんこんと湧き上がる清水のような恋心は押しとどめることもできず、けれども、あなたと深く愛し合うほどに結局現実の厳しさに傷つき、清水は濁ってしまった。そう、あなたも私も罪を負う身となったのです〉

「罪の子」の自覚は退路を断つ意でもある。

『みだれ髪』

くろ髪の千すぢの髪のみだれ髪かつおもひみだれおもひみだるる

黒髪の乱れるイメージを三度繰り返し、「おもひみだれ」「おもひみだるる」で心の乱れを強調した。和泉式部の「黒髪の乱れも知らずうち臥せばまづかきやりし人ぞ恋ひしき」を想起させる。晶子の場合、「まづかきやりし人」は、語らずして鉄幹を指すだろう。晶子は平安朝文学に少女時代から親炙していた。後に評釈書『和泉式部歌集』を著す。

人を恋することは苦悩すること。その実際を体験して晶子の歌は単純なロマンを超えていく。田辺聖子はそんな晶子を『千すじの黒髪』で小説化した。

『みだれ髪』

狂ひの子われに焔《ほのほ》の翅《はね》かろき百三十里あわただしの旅

大阪堺と東京の距離は遠すぎた。大きな不安と苦悩の中で、晶子は鉄幹の内縁の妻・滝野から手紙を受け取り、鉄幹との離別と受け止めた。それで上京の決意も定まった。ことは六月。

〈恋に狂った私には焰の翅が生え、軽やかにはばたきながら、百三十里などなんでもない、今すぐに、とあわただしく旅立つのです〉

鉄幹は「武蔵野にとる手たよげの草月夜かくてもつよく京を出できや」と詠み、晶子の決死の思いを受け止めたのだった。

『みだれ髪』

乳ぶさおさへ神秘のとばりそとけりぬここな
る花の紅ぞ濃き

歌に「乳ぶさ」を詠み込んだのは晶子が最初と言われる。平安朝和歌に「髪」はあっても、身体を素材とすることはない。しかし晶子は禁忌を怖れない。さらに「神秘のとばり」を蹴って、おののきながら濃厚な性の歓喜に踏み入るとのモチーフまで詠んだ。表現者としての晶子の挑戦と捉えていいだろう。

〈乳房を手で覆い、神秘のベールをそっと蹴り入ったのでした。ここに咲く恋の花の紅の、なんと濃いこと!〉

鮮やかな色彩感は晶子の生涯を通して愛された。

『みだれ髪』

いとせめてもゆるがままにもえしめよ斯《か》くぞ
覚ゆる暮れて行く春

『みだれ髪』は、「臙脂紫」「蓮の花船」「白百合」「はたち妻」「舞姫」「春思」の六章から成る。このうちの「春思」巻頭歌が「いとせめて」。晶子も自信があったのではないか。上京直後の「明星」に掲載されたから、まだ堺にあって恋の決意をこめた頃の一首と想像される。〈どうかせめて恋に燃えるそのままの私でいさせてほしい。そのように思われる晩春よ〉

次に並ぶのは「春みじかし何に不滅の命ぞとちからある乳を手にさぐらせぬ」。大胆な恋の表白である。

『みだれ髪』

ゆるしたまへ二人を恋ふと君泣くや聖母にあらぬおのれの前に

〈許してほしい、自分は二人の女性のどちらも愛しているのだ。そう言ってあなたは泣くのですね。聖母でもない私の前で〉

際どい内容だ。二人のうちの一人は「おのれ」、つまり晶子。もう一人は誰か。「聖母」を漢文の中で使えば徳に秀でた母親の意となるが、キリスト教では聖母マリアを指す。後者と取るべきだろう。キリスト教系の女学校を卒業した山川登美子がその人だと暗示する歌であり、夫への強烈な皮肉が込められた。

『舞姫』

おそろしき恋ざめごころ何を見るわが眼《め》とら
へむ牢舎《ひとや》は無きや

『舞姫』『夢之華』は同年（明治39）刊行。二歌集には、夫を亡くして日本女子大に入学するため上京した山川登美子の存在が大きく影を落とす。

〈絶対の恋を誓った自分に、恐ろしい恋ざめの心が湧いた。見てはいけないものを見てしまう私の眼を閉じ込める牢屋はないものでしょうか〉

あからさまな嫉妬と疑心を押し隠しながら自らを責める歌に仕立てたところが巧みであり、ドラマ性がある。鉄幹と登美子の関わりを読者はおのずと察することになるのだ。

『夢之華』

ふるさとを恋ふるそれよりややあつき涙ながれきその初めの日

初出は明治四一年二月の「大阪毎日」。となれば、郷里・堺の人々を心に置いての発表だったかもしれない。恋の成就のためにすべてを捨てた晶子だが、懐郷の念に涙を流すこともあっただろう。しかし同じ熱い涙とは言え、恋を選んだ「その初めの日」の感動に優るものはない。そんな感慨が滲む。
「明星」は末期へと向かい、夫婦間の亀裂が晶子の苦悩を深める今にして、「その初めの日」への切実な愛おしみが蘇るのだろう。

『常夏』

しら刃もてわれにせまりしけはしさの消えゆ
く人をあはれと思ふ

明治四一年一一月、「明星」は百号で終刊。晶子は過労で倒れ二日間ほど寝込んだ。与謝野家を訪れた石川啄木は日記に晶子の容態を記し、深く同情している。かつて新派和歌の革新者として覇気に満ちていた鉄幹も、傷悴し苦悩にまみれ、次第に自滅的な精神状況に陥って行った。啄木日記には晶子の歎きや生活苦のさまも克明に書き残されている。

〈白刃をもち私に迫るほどの険しさがあった人なのに、それもいつしか消えてゆく。なんとも哀れで寂しいことです〉

『佐保姫』

みづからの恋のきゆるをあやしまぬ君は御空《みそら》
の夕雲男

〈あれほど恋に燃えたあなたなのに、いつしか恋心の消えることさえ不思議に思っていないらしい。まるで夕陽に染まり茜色に映える雲ほどの淡々しさで空に浮かぶ夕雲男ですね〉

　夫を見る眼差しの変化を描いた歌。揶揄とも失意とも取れる晶子の心情が伝わる。自分は変わらず夫を愛し続けているのに、夫は違うようだ。私の愛の反照を受けているにすぎない、と。「夕雲男」は面白い表現。美しいけれども実体の希薄なさまを捉えた物言いで、比喩の得意な晶子らしい個性がある。

『佐保姫』

男をも灰の中より拾ひつる釘のたぐひに思ひ
なすこと

晶子の人生は「男」つまり夫・鉄幹の裏も表も知り尽くそうとし、愛憎の中でもがき続けた一生だったように感じられる。個性の強い歌人どうしが毎日家の中で顔を突き合わせるのには大変なエネルギーを要するのだろう。「その家はやがて崩れぬうき思ひしつつふたたびつくりいとなむ」（『佐保姫』）の後の思いである。

〈この男をどう理解したらいい。もろもろを燃やし尽くした中にあってさえ硬く強く燃えきらない釘が残るような、そんな存在と思いなしておきましょう〉

『春泥集』

われを恨み天台座主《てんだいざす》の如き顔君のする時かな
しくなりぬ

「天台座主」とは天台宗を統轄する比叡山延暦寺の住職のこと。晶子を恨んで睨みつける夫の顔の、厳めしく威圧的な表情をこう喩えた。夫に愛されない悲しみを訴え、夫婦が互いに救いがたい毎日を送っていたのが察せられる。「明星」廃刊後の危うい日常がそこにあった。
もちろん鉄幹は鉄幹で煩悶していた。後継誌「スバル」は森鷗外をトップに据えた啄木たち若い世代の活躍が中心となった。時代の脇へと追いやられる不安、怒り、絶望を鉄幹は妻や家族に向けるしかなかったのだ。

『春泥集』

君こひし寝てもさめてもくろ髪を梳きても筆の柄をながめても

「明星」廃刊後の晶子は、次々と生まれる子供たちの養育のために童話、小説、脚本、随筆、評論など、依頼されれば何でも書いた。そして苦難の鉄幹に希望を与え起死回生させるにはパリ遊学しかないと懸命に働いた。しかし、いよいよ夫の渡欧が実現すると、今度は猛烈な寂しさが襲う。

〈あなたが恋しい。寝ても覚めても、あなたに愛された黒髪を梳いても、ともに執筆に励んだ筆の柄を眺めてみても〉

心にまかせて畳みかける表現はいかにも晶子らしい。

『青海波』

時いたり君とおのれと二人のみ知る白金の淋
しさに入る

明治四四年一一月に日本を発ち、その年の末、鉄幹はパリに到着。翌年五月に、晶子は夫を追ってシベリア鉄道でパリへ赴く。足掛け五ヶ月の滞在を経て帰国すると、時は大正。新たに評論という活躍の場が待っていた。ところが夫の方に好機は巡って来ない。大机に向かい合い、執筆や読書に明け暮れる中年夫婦の新たな日常が始まった。

〈渡欧と帰国という大きな人生のドラマを経て、いま新たな時が訪れた。二人だけが知る白金のように貴い、そして静かな淋しさを味わう時が〉

「白金の淋しさ」という語の含意するものは大きい。

『さくら草』

ありとある悲《かなし》みごとの味《あぢはひ》の皆見ゆるかなわがすなる恋

『さくら草』は短歌と詩が相半ばする。パリで愛の再確認をした与謝野夫妻だが、帰国後は立場の逆転がさらに加速し、微妙な齟齬が生じ始める。大正二年一〇月から四年二月までの一年余りに体験した感情生活の記録とでもいうべき一集である。

〈この世にありとある悲しみ。その味わいが皆見えてしまうのです、私がするという恋は〉

恋は悲しい。悲しみには、しかしさまざまな味わいがあると晶子は言う。「悲みと甘き味とを分きかねて皆恋と云ひ尊くぞせし」も同種の味を持つ。

『さくら草』

女には懺悔を聞きて更に得る病ありとは知らざりしかな

『さくら草』に次ぐ歌集『朱葉集』は、夫・寛の「懺悔」で知られる。三〇首に迫る連作は中年夫婦の危機の表出でもあった。妻でなく「女」と自らを捉えることで夫は「男」と意識される。過去の女性との恋愛を告白したのだろうが、相手は登美子かと想像される。

「君がする懺悔によりて救はれしものなしわれも君も悲しき」「君のみが恋人なりとわれ云はる長き懺悔を聞けるしるしに」など、晶子には思いの表白を躊躇うところがない。その率直で鋭い物言いに読者まで胸を突かれる。

『朱葉集』

恋すればあはれ飛行も許さるる身の程なれど
並々に泣く

大正年間に入り、晶子は作家・有島武郎と交流を持つようになる。有島の妻が亡くなると相互の尊敬の念はやがて好意に移っていったようだ。周囲も気付いたらしく、晶子は自重と分別を決意に替えていく。その頃の晶子の歌は艶やかで哀感に満ち、特別な彩をもつ。

〈恋をすれば、ああどこへでも飛んで行けるはずの私なのに、泣くというありふれた姿をさらすほかはないのでした〉

中年期の恋の危うさと甘美さを晶子は味わうことになる。それは有島の心中事件（大正12）まで続いた。

『草の夢』

子らの衣《きぬ》皆新《あた》らしく美くしき皐月《さつき》一日《ついたち》花あや
め咲く

晶子は結婚以来、次々と出産する。『佐保姫』刊行の直前には五人目の子の母となっていた。一番上の光はようやく六歳半。子供たちは誰もがかわいい盛りだ。女学校時代から裁縫が得意な晶子の、一年で一番好きな季節は初夏五月。幼い子供たちのために気分よくせっせと縫物をしたらしい。幸福感に満ちた歌。

〈自分が縫い上げた子供たちの着物はみんな新しく、なんて美しいこと。五月一日の今日、あやめの花もきれいに咲き揃いました〉

『佐保姫』

楽しげに子らに交りてくだものの紅き皮むく
世のつねの妻

雑誌「明星」が廃刊して二年程で上梓された『春泥集』。経済的な困難が押し寄せ苦渋に満ちた歌が多い。一方で渾身の力を込めた歌集でもある。文学者・上田敏はその序文で、世界を代表する女性詩人の一人だと絶賛した。

母である普遍的な喜びを示すのが掲出歌。

〈楽しそうにしているのは私。子供たちに交じって果物の赤い皮をむく姿は、ありふれた人妻だとしみじみと感じられるのです〉

「釜の湯をたらひにとれば白き湯気母と子をまき出でて梅這ふ」も映像的で美しい。

『春泥集』

秋来ぬと白き障子のたてられぬ太鼓うつ子の
部屋も書斎も

東京の真夏の暑さは耐えがたいと晶子は随筆で何度も訴えている。対策として部屋の障子をすべて取り払い風を通したものか。そうすることで、仕事をしながらも小さな子供たちの姿は常に目に入っていただろう。

けれども秋になると日常は一転する。その変化を視覚と聴覚によって捉えた歌。

〈秋がやって来た、と思うや白紙の障子が各部屋ごとに立てられました。太鼓を打って遊ぶ子供のいる部屋も、私が執筆をする書斎も、白い囲みに閉じ込められました〉

『青海波』

腹立ちて炭まきちらす三つの子をなすにまか
せてうぐひすを聞く

〈気に入らないことがあれば腹を立て、炭をあたりへ撒き散らす三歳の子。気がすむまでどうぞ。私は春の到来を知らせる鶯の声をしばらく聞いているから〉

幼い子供の短気に手を焼きながら、どこかのんびりとした気分に誘われたのは、鶯の声の美しさに聞きほれたから。「三つの子」は三男・麟のことだろう。長男と次男の少年らしいようすを捉えた「かぶと虫玉虫などを子等が捕る楠の木立の初秋の風」もこの歌集にある。子供への愛の深さが晶子を育ててもいた。

『青海波』

わが子の目うるみてやがて隠れたる障子のそとに春の雨ふる

〈障子の向こうに見える子供の目がだんだんと濡れて、そのうち姿も隠れてしまった。気が付いたら障子の外は春雨が降っているではありませんか〉

障子紙の破れから覗く子供の目かと想像する。晶子は執筆中、子供たちを書斎に入れなかった。子供のひとりが母に甘えたくても障子に隔てられていたために、涙目になって物影に隠れてしまった。子供の思いを代弁するかのように、しとしとと春雨が。にわかに胸に迫る愛おしさが余韻となって続く。

『夏より秋へ』

阿子と云ふ草やはらかに生ひしげる園生にま
ろび泣寝すわれは

夫と滞在するパリから、晶子は一人で帰国した。日本の子供たちへの狂おしいほどの愛に悶え、精神的に不安定となったからだ。妊娠によるホルモンバランスの失調かとも想像する。

〈我が子という存在は柔らかな草のよう。帰国するや、ひしと柔らかな子供たちを抱きしめ、泣き寝入りする自分なのでした〉

　しかし思いは複雑だった。「子を思ひ一人かへるとほめられぬ苦しきことを賞め給ふかな」「今さらに我れくやしくも七人《ななたり》の子の母として品《しな》のさだまる」。晶子が自らの一つの限界を知ったのはこの時だろう。


『夏より秋へ』

花瓶の白きダリヤは哀れなりいく人の子を産
みて来にけん

〈花瓶にさした白いダリアはなんだか哀れに見える。私はいったい何人の子を産み、ここまで来たのだろう〉

払い難い寂しさや失意を感じたとき、晶子は白い花を詠むことが多い。ふだんは明るく晴れやかな色目が好きな女性である。白いダリアに託されたのは、血の気を失ってぽつんと佇む自らの姿。命を削ってたくさんの子供を産む哀れさでもあろう。三人の女児を次々と里子に出した後の『さくら草』だった。

『さくら草』

七人《ななたり》の子ぞうちつどふ正月にすでに桃李の風
きたり吹く

〈七人の子供たちが皆集まる正月になりました。この和やかなひとときを祝うように、桃や李の花を促す風も吹いてくるのです〉

正月を祝う明るい風景としてのみ読むと、晶子の本音を見失うだろう。三女の佐保子、四女の宇智子、五女のエレンヌは里子に出ており、正月はその子らが与謝野家に新年の挨拶に来る時だった。宇智子はのちに随筆集『むらさきぐさ』で身の置き所なく居心地が悪かったと書き記す。晶子の後ろめたさや苦悩が歌の背後に押し隠されているのを知っておきたい。

『朱葉集』

第四章　郷里・堺と両親や親族を偲ぶ（和菓子舗の出自・郷愁と葛藤）

海恋し潮の遠鳴りかぞへては少女《をとめ》となりし父母の家

大阪堺の歴史は古い。仁徳天皇陵を含む古墳群があり、一五世紀後半には南蛮貿易で栄えた。明治維新期には残忍な「堺事件」もあったが、維新後はダイナミックに近代化を急ぐ町となる。晶子の父・鳳宗七が営む和菓子商駿河屋は堺の町の中心地にあり、高師の浜も遠くない。海辺の波音は懐郷の切なさと人生に重なる。

鉄幹との恋と結婚を経て、晶子はあらためて気付いたのだろう。どのように少女時代を生き成長してきたかを。読者の心に寄り添う一首。「ふるさとの潮の遠音のわが胸にひびくをおぼゆ初夏の雲」(『舞姫』)も同様の発想だが、より映像的で瑞々しい季節感が迫る。

『恋衣』

湯気にほふ昼と火桶のかず赤き夜のこひしき
父母の家

老舗の和菓子舗「駿河屋」は、何人もの使用人をかかえる大店《おおだな》だった。昼間は小豆を煮たり饅頭を蒸す匂いが家中に漂い、冬場には火桶が家中に置かれて赤く火が熾っていた。それが晶子の郷里の家の風景だった。

『常夏』は明治四一年刊。晶子が短歌に命を賭けた雑誌「明星」廃刊の年である。思い起こせば、湯気といい火桶といい、なんと温かく心を癒してくれたものか。その家を七年前に離れ、いま「明星」を失おうとする自分なのだ。喪失感の大きさゆえに思いは深い。

『常夏』

夢の中に御名《みな》よぶ時も世にまさぬ母よと知り
てさびしかりしか

晶子の母・津祢は明治四〇年二月一四日に脳溢血で急逝した。満で五六歳だった。三月に出産を控える晶子を気づかい、鉄幹は津祢の死を晶子に伝えなかったという。

〈夢の中で母を呼ぶときも、一方で母はこの世にもういないとわかっていて、目覚めてからなんとも寂しく感じたのでした〉

津祢は鳳家の後妻。先妻が残した二人の女児に気をつかい、そのために晶子は母の愛情を充分に受けられなかったと述懐している。

『常夏』

わらふ時身も世もあらず海に似し大声あぐる
兄とおもひき

兄の秀太郎と晶子は、子供時代は仲の良い兄妹だった。東京帝国大学在学中には、文学好きな晶子のために鷗外の雑誌「しがらみ草紙」や新刊本などを送ってくれるほど。しかし鉄幹との結婚に反対し、次第に疎遠になった。とは言え、晶子には兄を詠んだ歌が何首もある。秀太郎はのちに帝大教授となり電気工学分野で「鳳－テヴナンの定理」を見出した秀才だった。

〈少年時代の兄は、笑うとなれば海に喩えてよいほどに屈託なく大声で笑う人でした〉

『佐保姫』

ふるさとは冷きものと蔑《なみ》し居り父の御《み》墓《はか》の石

だたみゆゐ

父・宗七の死は明治三六年九月一四日。享年五五。晶子は報せを受けて急行したが死に目に間に合わなかった。

　宗七は読書家だった。商売にはあまり向かなかったが、開明的でバルセロナとパリで開催された万博に練羊羹を出品し銅賞を獲得。堺市の市議も経験した。また美食家で栄養の観点から食事を選んだと晶子は後に書く。

〈郷里とは冷たいものだと軽蔑しました。父の墓所の石畳が冷たいため、いっそうその冷たさは身に染みたことです〉

　葬儀への出席を遠慮させられた無念さを抱えていたためか、屈折した感情が滲む。


『春泥集』

わが前に人らひろげぬなつかしき茜もめんの
大阪なまり

茜もめんは茜染めの木綿。紅木綿とも。関西で好まれたものか。東京暮らしもすでに一〇年の晶子が、人々の語る大阪なまりの会話を聴いて、懐かしさにときめいた瞬間を詠んだもの。初句から「茜もめんの」までは「大阪なまり」に掛かる序詞だろう。

〈目の前で人々が拡げればたちまち心惹かれる茜もめんにも似て、大阪なまりはただ懐かしい〉

晶子は自分の関西人らしさを時々噛み締めるような思いを折にふれて詠んでいる。「かばかりもなよなよとせる心をば浪華育ちの傷に思へり」(『さくら草』)。

『青海波』

物干へ帆を見にいでし七八歳の男姿のわれを
おもひぬ

晶子は随筆の中で、古い街である堺は風紀が乱れており、母は心配して自分が子供の頃には男の子のような着物を着せた、と書いた。人一倍、美意識が強い晶子にとっては恨めしく寂しい記憶として語られている。しかし掲出歌は潑溂とした自画像のように感じられる。「幼き日船より塔を見つること二十の夏に君を見しこと」(『朱葉集』)という歌も。鉄幹が若き日に堺を訪れたことを踏まえている。

遠望への憧れがテーマというべきか。

『夏より秋へ』

わが小《ちひさ》い娘の髪を撫でるとき、
なにかしら生れ故郷がおもはれる。
母がこと亡き姉のこと伯母がこと、
あれや、それ、とりとめも無い事ながら、
片時《かたとき》は黄金《こがね》の雨が降りかかる。

幼い娘の柔らかな髪を撫でながら、その優しい手触りが引き寄せるのは故郷・堺の思い出。「母」「亡き姉」「伯母」と女性ばかりだ。「片時は黄金の雨が降りかかる」の美しさには、かけがえのない記憶への慈しみがにじむ。親族の同性への共感が温かい底流をなすからだろう。
晶子には多くの詩がありテーマもさまざまだが、明治末期から評論に筆を染め、女性論を書き継いで行くのと並行して、詩にも同性への眼差しが注がれていくのだ。

『夏より秋へ』

叔母達と小豆を選りしかたはらにしら菊咲きし家のおもひで

和菓子舗の裏方仕事は身内が皆で引き受けたようだ。大袋の小豆をザルなどに広げて、傷や割れがないか叔母たちが念入りに確認するのを、晶子も子供の頃から見習い手伝ったのだろう。
　小豆の収穫時期は九月下旬から一〇月中旬あたりといろから「しら菊咲きし家のおもひで」の季節感そのもの。小豆の赤と白菊との取り合わせも美しい。「娘にて蔵と座敷の中庭におつる銀杏をながめつる秋」（『朱葉集』）は、黄色の銀杏が静かに落ちるのを楽しんだ晶子の眼差しが彷彿とする。

『朱葉集』

清水《きよみづ》へ祇園をよぎる桜月夜こよひ逢ふ人みな
うつくしき

晶子短歌の中でも、もっとも人口に膾炙した人気の高い一首。「清水」「祇園」「桜月夜」の組み合わせが京都の春夜を雅に彩り、華やいだ気分に誘う。調べもなだらかで心地よい。

〈清水寺へ向かって祇園をよぎる、満々と桜の咲きわたる月夜。すれ違う人たちはだれもかれも、なんて美しいことかしら〉

晶子は幼少期から風流好みの父に連れられて何度か京都を訪れた。その折の実体験に空想を交えたものか。抒情と耽美の融合した世界。若い女性のロマンティシズムと、晴れやかな高揚感が伝わる。

『みだれ髪』

下京や紅屋《べにや》が門《かど》をくぐりたる男かわゆし春の
夜の月

「紅屋」は紅花から抽出する非常に高価な化粧品を売る店。明治時代には京都下京に何軒かあったのかもしれない。花柳界の女性や歌舞伎役者などが使い、唇だけでなく目尻や耳元も染めたという。

紅屋の門をくぐる男のようすを「かわゆし（正しくは「かはゆし」）」と表したことで、男性の若さが彷彿とする。優美な「春の夜の月」を配して描かれた謎めいて美しい一瞬。映像的で物語風な面白さがある。

『みだれ髪』

ほととぎす嵯峨へは一里京へ三里水の清滝夜
の明けやすき

〈清滝川のかたわらの宿に一夜を過ごし、ほととぎすの声で目覚めました。嵯峨へは一里、京の都へは三里の清滝は、いつしか夜明けを迎えていました〉

新緑の清滝のすがすがしさが漲り、清流の響きに鋭いほととぎすの声が混じる。二句目と三句目のリフレーンが効果的。地名のもつ魅力と言葉の響きによって構成された一首。「春ゆふべそぼふる雨の大原や花に狐の睡る寂光院」(『小扇』)もまた、大原の寂光院を舞台にした浪漫的な物語が繰り広げられる。

『みだれ髪』

春曙抄に伊勢をかさねてかさ足らぬ枕はやがてくづれけるかな

『春曙抄』は江戸時代、北村季吟が著した一二巻からなる『枕草子』の注釈書。「伊勢」は『伊勢物語』。本を枕にして眠りながら、春眠の心地よさの内にたゆたう明け方のひととき。「春はあけぼの」から始まる枕草子と在原業平の物語に託したのは、なんと贅沢なことか。

晶子はすでに幼い二人の子供があり、悠長な時間はなかった。しかし歌の中でなら心置きなく自由で好きな世界に遊べる。そんな架空のゆとりが描かれたともいえる。実生活の厳しさが身につまされるゆえの甘やかな憧憬でもあった。

『恋衣』

貫之も女楽めされし楽人も短夜の帳の四面に
侍れ

「貫之」は平安朝を代表する歌人、紀貫之。「女楽」は『源氏物語』「若菜・下」巻にも描かれた通り、宮廷に仕える妓女により奏された舞楽のこと。

しのぎやすいけれど明けやすい夏の短夜を惜しみながら、貫之がすばらしい歌を詠み、妓女たちは楽を競演する。几帳のうちにいるのは貴人だが、晶子がその人になりきったかのような歌。優美な時が流れていく雅さ贅沢さは、歌の中でなら存分に味わうことができる。日常の多忙さを忘れるひとときなのだろう。

『夢之華』

わがよはひ盛りになれどいまだかの源氏の君
のとひまさぬかな

「明星」は明治四一年一一月廃刊。翌月、晶子は満で三〇歳を迎える。それは先の見えぬ日々の始まりでもあった。四四年一月刊の『春泥集』は与謝野家にとって最も困難な時代を背景とする。子供は次々と生まれ、生活のために評論、小説、童話など執筆の場を広げていく。『源氏物語』現代語訳の三巻本の準備を始める中で生まれた一首だろうか。

〈私はいよいよ充実のときを迎えたのに、あの光源氏はまだ私を訪うては下さらないようです〉

自らへの誇りを失わぬ晶子だった。

『春泥集』

源氏をば十二三にて読みしのち思はれじとぞ
見つれ男を

晶子の郷里の家には書庫にも等しい蔵があった。少女時代から古典文学に親しみ、特に『源氏物語』から王朝時代を生きた人々の喜怒哀楽を学んだ。しかし高貴な身分の光源氏にして愛した女君たちを決して幸福にしていない。そうなのか、と晶子は失望したのだろう。

〈源氏物語を一二、三歳で読み始めて以来、愛されるのは望まないでおこうと思いました、男性はみな不実なのですから〉

中年期の歌集『朱葉集』ならではの感慨がにじむ。


『朱葉集』

源氏をば一人となりて後に書く紫《し》女《じょ》年若くわれは然《しか》らず

〈夫を失い一人となって源氏物語を書いた紫式部。けれども彼女はまだ若かった。いまの私はもう老年。寛亡きあと、源氏の現代語訳にどこまで取り組んでいけることか〉

昭和一〇年に夫・寛（鉄幹）を亡くした晶子は、それ以前から始めていた懸案の仕事にさらに専念した。抄訳は明治末に果たし、二度目は関東大震災で草稿をすべて焼失した。三度目こそはと命がけで完訳に挑んだのだろう。『白桜集』は晶子の死後に平野万里が編纂した遺歌集である。

『白桜集』

あゝをとうとよ、君を泣く、
君死にたまふことなかれ、
末に生れし君なれば
親のなさけはまさりしも、
親は刃《やいば》をにぎらせて
人を殺せとをしへしや、
人を殺して死ねよとて
二十四までをそだてしや。

「君死にたまふことなかれ」第一連。副題は「旅順口包囲軍の中に在る弟を歎きて」。日露戦争に出征した弟・籌三郎を案じての全五連の詩。敬愛するトルストイの平和思想の影響を受けたものだが、単純な反戦詩ではない。

明治三七年九月の「明星」に掲載され、文芸評論家・大町桂月は雑誌「太陽」で時局に反すると批判。驚いた晶子は「明星」に「ひらきぶみ」で反論した。「歌は歌に候」「まことの心うたはぬ歌に、何のねうちか候べき」。

二〇代半ばの晶子の毅然たる心の佇いがうかがわれる。

『恋衣』

わが住むは醜き都雨ふればニコライの塔泥に
泳げり

わが子らに気管支炎を送る秋雨

『春泥集』

明治四三年八月、関東周辺は豪雨に見舞われ、各地で大洪水が発生。東京府内で浸水家屋十八万五千軒を超え、首都機能が麻痺した。

与謝野家が同月の転居直前まで暮らした駿河台は神田川に隣接し、氾濫によって多くの死者を出した。同じ地域のニコライ堂（東京復活大聖堂）も被害に遇う。想定外の災害により、泥まみれとなった「醜き都」への衝撃が詠まれた。水害後も困難は続く。「都をば泥海となしわが子らに気管支炎を送る秋雨」（『春泥集』）には幼い子供を持つ生活者の眼差しがある。

産屋《うぶや》なるわが枕辺《まくらべ》に白く立つ大逆囚《だいぎやくしう》の十二
の柩

「産屋」は、ここでは産院の意。明治四四年二月、晶子は二度目の双子の出産に臨む。それまでの五度の出産を上回る難産の末、一人は死産となる。
その一ヶ月前から難産の兆候があり、死を覚悟するほどの苦しみを味わっていた。一月に大逆事件の首謀者と見なされた幸徳秋水ら十二人は絞首刑となるが、晶子は自らの生死ギリギリのところで「大逆囚」に思いを重ねた。囚人の一人・大石誠之助と文学上の交流があったことも背景にある。出産という歌の領域は晶子によって開かれた。

『青海波』

山の動く日来《きた》る、
かく云へど人われを信ぜじ。
山は姑《しばら》く眠りしのみ、
その昔彼等皆火に燃えて動きしものを。
されど、そは信ぜずともよし、
人よ、ああ、唯これを信ぜよ、
すべて眠りし女《をんな》今ぞ目覚めて動くなる。

平塚らいてうの雑誌「青鞜」創刊号（明治44・9）の巻頭を飾った一二の詩篇「そぞろごと」の第一篇。一般に「山の動く日」と呼ばれている。二篇目の「一人称にてのみ物書かばや、／われはさびしき片隅の女ぞ。／一人称にてのみ物書かばや、／われは、われは。」とともに、女性の自立を目指し自尊を促す意志を力強く主張した。

明治四〇年代の女性論隆盛を総括し前進させた晶子の詩は、世紀を跨いで現代にまで訴える力がある。

『夏より秋へ』

ニコライのドオムの見ゆる小二階の欄干の下
の朝がほの花

『さくら草』は大正四年の詩歌集。明治四〇年代の詩歌壇を席巻した自然主義を通過し、パリ滞在を終えたのちの新たな作風を思わせる。

晶子は駿河台から麴町に居を移してからも異国風の趣のあるニコライ堂は好きだったようだ。「小二階」は現代の中二階のことか。その欄干からニコライ堂を遠く見遣り、下方に咲く朝顔の花を見下す。「の」を多用して名詞を連ね、読者の内なる眼差しを「朝がほ」へ導く技巧も冴える。西欧はすでに遠く、日常はほどほどの距離にあり、それはそれで美しい。さりげない表現の中に景と心の距離を捉えた歌。

『さくら草』

女より智慧《ちゑ》ありといふ男達この戦ひを歇《や》めぬ

賢こさ

大正七年は春にスペイン風邪が大流行し、夏には富山で始まった米騒動が東京に波及した。国民が動揺する中で同年八月、政府はシベリア出兵を決定。派兵が始まるとメディアは反対キャンペーンを張る。

大正期の晶子は総合雑誌「太陽」に自らの論壇ページを得て、多くの評論と、時には詩により社会人事や政治に関する硬派の顔を現していく。短歌では避けている風であったが、掲出歌ではその域を越え、皮肉を込めて反戦を訴えた。「前《さき》なるは先づ骨となり後《のち》なるは飢ゑて青めり戦国の民」もある。

『火の鳥』

休みなく地震《なゐ》して秋の月明にあはれ燃ゆるか
東京の街

関東大震災は多くの人命を奪い、都市機能を寸断して各所に甚大な被害を及ぼした。現在の千代田区富士見に住んでいた晶子と家族は、余震が続く中で多くの人々と助け合いながら戸外で一夜を過ごす。「誰見ても親はらからのここちすれ地震をさまりて朝に至れば」には、その折の心持ちがよく表れている。

美しい秋の月明かりのもと、人間は余震におびえ何ヶ所にもわたって炎上する東京を眺めるほかない。「大正の十二年秋帝王のみやこととともにわれほろび行く」も、大都市東京の崩壊が晶子に与えた衝撃の大きさを感じさせる。

『瑠璃光』

十余年わが書きためし草稿の跡あるべしや学
院の灰

晶子は少女時代から『源氏物語』を愛し、「明星」の仲間たちの勉強会で読解した。明治四五年に最初の抄訳本（三巻）を刊行し、大正期には『源氏物語講義』の刊行を期して原稿が書き続けられていた。これは大阪の後援者・小林天眠との契約でもあった。
しかし宇治十帖の手前まで来たところで、草稿を預けてあった文化学院は関東大震災のために焼失し、晶子は絶望にうちひしがれる。「きはだちて真白きことの哀れなりわが学院の焼跡の灰」とも詠む。無念さが滲む。

『瑠璃光』

第七章　人生の深みを生きるということ（家計を賄う柱として・中年の憂い・老いへの予感）

おのれのみ異るものと思ひしを若き初めのあやまちとして

〈自分だけは人と異なっていると思っていましたが、それこそが若き日の過ちの発端だったのです〉

蔵書に恵まれた鳳家で晶子は幼少期からさまざまな本を読んで育った。商家に育ち数字に強い晶子は帳簿付けなどを任せられたが、随筆によれば晶子は自らを恃み将来は何者かになれるのでは、との漠然とした期待や予感を抱いていたらしい。しかし三〇歳を過ぎ、「明星」廃刊の悲哀を舐め生活苦を体験することで自らを省みることになった。歌もゆっくり変わり始める。

『佐保姫』

若き日の火中《ほなか》にたちて相《あひ》とひしその極熱《ごくねつ》のさ
かひにあらず

〈「若き日」の自分たちの恋は「火中に立ちて」お互いの思いをとことん確認し合おうとする「極熱」の激しさにありましたね。でも今はもうそのような境遇にあるとは言えないでしょう〉

恋愛の頂点を知った晶子。その感激が大きかっただけに、現在の多くの不如意は「極熱のさかひ」との乖離を痛感させた。覇気に漲る夫はもういない。暗く屈折した夫を支えながら過去を懐かしむ晶子の哀感が描かれた。

「いと重く苦しき事をわが肩に負はせて歳は逃足に行く」（『春泥集』）とも嘆くのだ。

『常夏』

わが背子は世の嘲《あざけ》りを聞くたびに筆をば擱《お》き
て物をおもへる

058

晶子の唯一の長編小説『明るみへ』（大正5）は、「明星」廃刊から夫・寛（鉄幹）が再生を期してパリに赴くまでのドラマで、ほぼ事実に即していると想像される。
文学の新たな潮流に逆らおうとして、他方影響されつつ懊悩する寛はヒリヒリと神経をとがらせ、晶子は苦慮したようだ。外部からの中傷を耳にすると、今度は沈み込んでしまう。そんな姿がリアルに描かれた歌だ。「わが背子」という古い言い回しに素朴な情愛がこもり、それが切々とした印象を残す。

『春泥集』

若き日は尽きんとぞする平らなる野のにはか
にも海に入るごと

明治時代にあって三〇代を生きるとは、若さとの決別を促されることだった。次々と出産した晶子は身体的にも疲労を重ね、一家の経済的な支柱であり続けることはさらに過酷だったと想像される。『青海波』の背後にあるのは、心身ともに切羽詰まった晶子の悲鳴にも近い本音だった。

「若き日は尽きんとぞする」の予感は、平らかに続く野が突然海へとなだれ込んでいく映像として描かれ、なすすべなく委ねるしかない宿命への不安と悲哀が漂う。晶子の卓越した比喩の力が説得力をもって迫る。

『青海波』

男をば罵《ののし》る彼等子を生まず命を賭けず暇《いとま》あるかな

出産をテーマとする一連の歌の中で、女性の出産がいかに大変かを本音丸ごととも言うべきパンチ力で訴えた歌。随筆の中でも同様の主張をするが、産後には勝ち誇った心持ちの中で罵った男性を許してしまう、とも書く。

『青海波』には「いつしかと若き心にまかせたる身は三十になりぬあさまし」もある。若さに任せて振舞っていた自分が三〇歳になるとは、と。「あさまし」の歎きは「男をば罵る」の迫力と表裏するものかもしれない。

『青海波』

しら玉の質《しつ》ぞとわれを教ふれど心跳《をど》らずなり
にけるかな

〈しら玉にも似る高貴なまでの才能の豊かさだと誉め、私の本質を教えてくれたあなた。その言葉に励まされてここまで来たけれど、今はもう心が躍ることもなくなりました〉

晶子の場合、誉められて嬉しいのは容姿の美しさ以上に歌才の豊饒さなのだろう。「しら玉の質」を教えてくれたのは、おそらく夫。かつては誉め言葉を素直に喜び励みにしたが今は違う。理由は明かされていない。人の言葉でなく、自分自身の内なる声に耳を傾け「質」を確認する時期に至ったのかもしれない。

『晶子新集』

劫初《ごふしよ》より作りいとなむ殿堂にわれも黄金《こがね》の釘
一つ打つ

〈日本人が長い長い歳月をかけて詠み続け、そうして出来た尊い歌の殿堂。そこに私は新たに黄金の釘を一つ打ち付け、輝かしい光を添えたく思います〉

晶子はすでに充実の四十代前半。作歌への意欲は一向に衰えていない。大正期の「アララギ」が席捲する歌壇の動向とは一線を画し、自らの道を歩んだ。一方でなかなかの自信家でもある。「われも」の「も」は、かつて「黄金の釘」を打った多くの歌人、ことにも和泉式部や式子内親王が意識され、それを受けての表現かと想像される。

『草の夢』

浦島がやうやく老をさとりたるその日の海の
白波ぞ立つ

〈竜宮城から戻った浦島太郎が、ようやく自分が本来は老人であることを悟ったその日の驚きを、私もまた味わっている。浦島が見た海と同じような海が私の眼前にも広がり、白波が立っているのでした〉

若さは無謀で恐れを知らない。時間は無限かとも感じた。けれどもある日理解する、老いはもうとっくに始まっていたと。下句全体が心象風景であり、海に立つ白波は老いの宣告にも似て心に響いたということだろう。

『流星の道』

身の負はん苦も五十路して尽きぬべしかくお
のれこそ許したりけれ

〈この身がどこまでも背負おうとした苦労ではあるけれど、五〇歳になればさすがに尽きるだろう。いや実際の苦労は続くとしても、もうそろそろ自分を解放してもいいかと思うのです〉

『心の遠景』は五〇歳を迎える半年前に刊行。当時は数え年だから晶子の意識の内では五〇歳を過ぎている。一〇代から身を尽くして働くことを尊んだ晶子にして、自分を許し労働としての仕事から解放しようとの思いを吐露した歌。ライフワークの『新新訳源氏物語』への傾注はこのあたりから始まる。

『心の遠景』

第八章　心を映し出す季節と自然（草木虫魚への愛・写生とは異なる心情の表現）

鎌倉や御仏《みほとけ》なれど釈迦牟尼は美男におはす夏木立かな

晶子の代表作。今もなお鎌倉の観光案内に一役買う歌だが、明治三七年八月の「明星」初出時には「鎌倉や銅《かね》にはあれど御仏は美男におはす夏木立かな」だった。

三八年一月の『恋衣』刊行に当たって晶子は現在見るような一首へと見事に推敲した。すると「明星」嫌いの伊藤左千夫は「馬酔木」で感情的に批判し、一方で晶子短歌を高く評価する評論家・大町桂月は詩「君死にたまふことなかれ」に駁したことなど忘れたかのように左千夫に反論した。百年前から人の心を引き寄せ何かを語りたくなる歌だったと言える。

『恋衣』

金色《こんじき》のちひさき鳥のかたちして銀杏ちるなり
夕日の岡に

学校の教科書にしばしば採録される歌。映像的で色彩感も鮮やか。描かれる対象が構図的で子供にも理解しやすいからだろう。

同じ意味で「夏のかぜ山よりきたり三百の牧の若馬耳ふかれけり」（『舞姫』）も生気あふれる風景や動物の動きが子供にも親しみやすく、楽しい気分に誘う。「三百の」の数字のダイナミズムも量感がある。晶子短歌の魅力はこのあたりにあると言っていいだろう。しなやかで瑞々しい感性がうかがわれるのだ。『恋衣』は晶子、山川登美子、増田雅子の共著。

『恋衣』

地はひとつ大白蓮の花と見ぬ雪の中より日の
のぼる時

晶子は風景や自然を詠むとき、「アララギ」の写生とは違う表現をとる。対象を大きく把握して立体的な構図に収め、コントラストの強い色彩や動的なイメージに集約する。時には聴覚を刺戟して空間を押し広げる。晶子の手にかかると、夜明けの雪原の華麗なまでの美しさも「大白蓮の花」となるのだ。

　晶子の内的世界はすべて言葉によって創り上げられた。想像力を喚起する言葉の斡旋力において抜群な才能があったと言う他ない。「ほととぎす東雲《しののめ》どきの乱声《らんじやう》に湖水は白き波たつらしも」（『夢之華』）などもその一例と言える。

『夢之華』

夏の花みな水晶にならむとすかはたれ時の夕立の中

古典和歌をよく知る晶子は修辞技巧も心得ていた。その一つ「見立て」を近代歌人で晶子ほど有効に、また大胆に生かした人はほとんどいないと思う。

「見立て」は一種の比喩表現だが、それを用いて対象を視覚的・映像的に描く技を晶子は身に付けていた。「かはたれ時の夕立」つまり夕方の驟雨が「夏の花」を「水晶」の中に閉じ込めてしまったという飛躍した発想の面白さに驚く。「心をば大しろがねの板として空に張るなり秋風吹けば」(『春泥集』)も同様だろう。

『春泥集』

こほろぎは床下に来て啼く時にちちこひしな
どおどけごと云ふ

中年に近づくにつれて晶子は昆虫や小動物に心を寄せ、それらに心情を語らせたり仮託するようになる。床下に鳴くコオロギの声を「ちちこひし（父恋し）」と聴くとき、それが自分の内なる声だと気づき「おどけごと（冗談）」だと言いなすのはその一例。父・宗七は明治三六年九月一四日に脳溢血で急逝。秋の虫の音が父を思い起こさせるのは自然なことでもある。
「秋の来てとうしみとんぼ物思ふわが身のごとく細り行くかな」（『青海波』）は、「とうしみとんぼ（灯心蜻蛉）」つまりイトトンボの姿かたちの細さに、苦悩ゆえに痩せた自分を重ねている。

『青海波』

狂乱に近づくわれを恐るるや蝶もとび去る髪をかすめて

昆虫類を数多く詠む晶子だが、もっとも好んだのは恐らく蝶だった。蝶は自身の心情を映し出す華麗ではかない歌材だったとも言える。

『青海波』の頃の晶子は夫との軋轢や経済的な不安にさらされる毎日を送っていた。それゆえの心身に及ぶ大きなストレスを抱え、体調も非常に悪かった。「狂乱に近づくわれ」を支えるすべはなく、蝶も恐れて「髪をかすめて」「とび去る」。まして周囲の人間は。「おさへ居し手のひらぬけて五つ六つ目の前に舞ふかなしみの蝶」(『青海波』)には蝶ならぬ晶子の悲哀があふれている。

『青海波』

わたつみの波の上より渡りきぬ黄金《きん》の翅《つばさ》の元
朝の風

風、雲、雨などの自然現象もまた晶子はよく詠んだ。「わたつみ（海）」の波に乗り渡ってくる風は「元朝（元日の朝）の風」。初日の出の輝かしさをまとった風でもある。それを晶子は晴れがましい「黄金の翅」と比喩した。詩的飛躍のある言葉の技というべきか。

同じ集中の「地なるものなべてを剝がし行く冬を障子に隔て君と籠れり」は、風が吹き荒れる「冬」に対して、「障子」一枚を隔てるのみで寒さに耐える、弱者としての夫婦を描いた。大胆な上句によって、一首全体がストーリー性を帯びて感じられる。

『さくら草』

ついと去りついと近づく赤とんぼ憎き男の赤
とんぼかな

蝶と並んで好んだ歌材がトンボ。色美しい「赤とんぼ」の「ついと去りついと近づく」気儘なようすを、ただ眺めるのではなく「憎き男の」ような、と比喩する。魅力があってもあまり当てにすることはできない。晶子の男性観でもある。

また同じ歌集の「押へたる赤きとんぼの羽ばたきぬ恋かと思ふ手ざはりをして」には、捉えた瞬間、羽搏いて逃げようとする赤とんぼの抵抗感を「恋かと思ふ手ざはり」と比喩する。手の平を刺激する触感はほのかなエロスに似るのだ。

『朱葉集』

秋と云ふ生《いき》ものの牙夕風の中より見えて淋しかりけり

一つの季節をそっくり比喩するには表現力が問われる。晶子はその点がとても巧みだ。「秋と云ふ生ものの牙」は常人には発想できない意外性がある。季節を「生もの」に喩え、ひんやりした空気を「牙」とした。三句以下への展開にも驚く。「秋」は実体ある存在となった上で情緒に導かれる。

「大空は唯だ瑠璃色の壺として見る時にさへいみじきものを」(『晶子新集』)は「大空」を「瑠璃色の壺」と比喩する。発想の飛躍が大きい。

『朱葉集』

椿ただくづれて落ちん一瞬をよろこびとして
枝に動かず

『草の夢』には有島武郎への秘められた恋心が託された歌が多い。それゆえに表現はいっそう比喩に傾く。

初出は有島の弟・里見弴が編集した雑誌「人間」。赤い椿の花をイメージするのがいいだろう。咲き切って崩れ落ちる瞬間を予感しつつ、「よろこびとして枝に動かず」と表現するところに官能のたゆたいがある。

同じ歌集の「いさり火は身も世も無げに瞬きぬ陸《くが》は海より悲しきものを」には、海以上に人間の暮らす陸地には悲しいことがあると。揺れる心が切ない。


『草の夢』

男行くわれ捨てゝ行く巴里へ行く悲しむ如く
かなしまぬ如く

晶子は夫を詠む際に「君」「恋人」「男」「背」「背子」などを用いる。その選択の違いから晶子の心情を探りたくもなる。ちなみに随筆ではもっぱら「良人《おっと》」と記す。「男行く」には「女」である自分を「捨てゝ」遠い遠い「巴里へ行く」ことへの恨みがましさが滲む。「悲しむ如くかなしまぬ如く」にも皮肉がこもる。寛が日本を発った後には「君こひし寝てもさめてもくろ髪を梳きても筆の柄をながめても」(同)と後追いの悲哀にまみれた。「君」には恋着の匂いが濃厚だ。

『青海波』

三千里わが恋人のかたはらに柳の絮《わた》の散る日に来る

寛（鉄幹）の渡欧は明治四四年一一月。晶子は半年後の五月にシベリア鉄道経由でパリへ向かった。途中で旅費が不足し緊張のあまり神経衰弱になるほどだったが、それゆえ無事にパリへ到着して迎えに来た夫と再会した時は歓喜にまみれた。白い柳絮がふわふわと漂う描写は夢さながらの甘やかさがあり、「わが恋人のかたはらに」の感動もストレートに伝わる。

数詞「三千里」は晶子が好む誇張表現。『夏より秋へ』には他に「恋するにむつかしきこと何のこる三千里さへ一人にて来し」もある。

『夏より秋へ』

ああ皐月仏蘭西《フランス》の野は火の色す君も雛罌粟《コクリコ》わ
れも雛罌粟《コクリコ》

晶子の代表歌の一つ。雛罌粟《コクリコ》はケシ科の花で、日本ではヒナゲシとも言われる。初出は「若ければふらんすに来て心酔ふ野辺の雛罌粟街の雛罌粟」だったが『夏より秋へ』収録時に推敲した。凡作が名作に変貌するプロセスがよくわかる。色彩イメージと繰り返される「コクリコ」の響きも軽やかで魅力的。

〈麗しい五月の空のもと、フランスの野が燃え上がるほどに真紅のヒナゲシが揺れる。あなたも私も恋に燃えてヒナゲシの色と同じですね〉

圧倒的な赤は火と恋の色。情熱の歌人の面目躍如である。

『夏より秋へ』

君と行くノオトル・ダムの塔ばかり薄桃色に
のこる夕ぐれ

初夏のパリの日没は遅い。晶子らは夕食後の散歩を楽しんでいたのかもしれない。ノートルダム寺院はセーヌ川のほとりにあり、落日のなごりは寺院の尖塔だけに薄桃色を残していた。その美しさに心が震えたのだろう。

同時期の歌として「巴里《パリイ》なるオペラの前の大海《おほうみ》にわれもただよふ夏の夕ぐれ」もある。オペラ座の前の広場を浸す青々とした薄闇を「大海」に喩え、漂うように歩く幸福なひとときが描かれた。観光客が世界から押し寄せる現代とは違う、ベル・エポックのパリである。

『夏より秋へ』

秋の海われは悲しき喪《も》の国をさして去《い》ぬなり
大船《おほふね》にして

与謝野夫妻はパリを拠点にフランス各地を歩き、ロンドン、ウィーン、ベルリン、アムステルダムも旅した。その間に晶子は妊娠し、日本の子供たちを思い情緒不安定になる。「思郷病」と晶子は紀行文に記した。
七月三〇日には明治天皇が崩御し、晶子は大きな衝撃を受ける。「悲しき喪の国」とは明治天皇を失った日本のこと。夫をパリに残して帰国を決意する。「大船」とあるように航路。「秋くれば根も枯れぬらん雛罌粟は夜な夜な船の夢に立てども」の「雛罌粟」は夫・寛であり恋情の謂でもある。晶子が日本に到着したのは一〇月二七日だった。

『夏より秋へ』

第十章　中国大陸の旅、日本の旅（昭和期のアジアへの眼差しとアイデンティティ）

柏木が煙の如く花咲ける上にかさなる渤海の春

与謝野夫妻は南満州鉄道の招聘により、昭和三年五月五日から六月一七日まで満州蒙古を旅した。大陸進出を目指す日本政府が著名な作家や画家に作品を制作してもらう目的だが、別の言い方をすれば文化人を利用して行った宣伝工作の一つだった。

渤海は中国北部、遼東半島、山東半島が囲む内海状の海域。晶子はこの地に育った柏木と「煙の如く」咲く花に注目し、日本とは異なる春の風景の魅力を鷹揚に描いた。同様に「宮門の濃き黄の瓦かがやきてかささぎ飛べる奉天府かな」も異国の景観の新鮮さがある。

『満蒙遊記』

尺とりが鴨緑江の三尺に足らぬを示すあしは
らの中

与謝野夫妻は、大連を発端に、南山、金州、熊岳城、営口、遼陽、安東、奉天、斉斉哈爾、長春、吉林、撫順、旅順などを旅した。奉天では「北京の擾乱」が報告され、北京入りは中止。六月四日の張作霖爆殺事件にも遭遇する。日中をめぐる情勢の暗部を図らずも知ることになった。しかし晶子は短歌にそうした陰りを落とすことはなかった。

「鴨緑江」と尺取り虫との対比の面白さと意外さに注目したい。また「われは今地と云ふものの平らかさ教ふるさまの落日とある」の、広大な風景を彩る落日に着眼したダイナミズムも晶子らしい。欧州の旅とは違う東アジアへの眼差しがある。

『満蒙遊記』

都とは沙漠の空をゆきかへるめでたき雲を見
ざるところぞ

〈人が密集する都市はそれだけで視界が狭まる。人事の煩わしさも尽きない。どこまでも広がる沙漠を旅した後につくづくと実感する。風に吹かれて縦横に流れる雲の果てしなさ伸びやかさのなんと素晴らしいことか〉

悠久という言葉を彷彿とさせそうだ。一ヶ月半に迫る長い大陸の旅を経た上で、晶子の心に残ったものは何だったのか。それを指し示す歌といえる。

「蒙古野に去年の出水の溜れるは五十年して乾《ひ》ぬべしと聞く」も、自然の圧倒的な力や、日本での時間の感覚を忘れさせる埒外の発見がある。旅の収穫は大きかった。

『満蒙遊記』

さくら島わが枕よりやや高く海に置かるる夏の月明

近代の有名な出版社であった改造社の社長・山本実彦の依頼と案内で、与謝野夫妻は九州旅行に出た。旅の先々で歌を詠み一冊にまとめるのが目的。旅程は昭和四年七月二三日から八月一四日。真夏の九州の旅だった。
　宿に一夜を過ごして見た桜島は枕の高さよりも上にあるように海に浮かび、夏の月光に照らし出されている。造形的な美しい光景が描かれ、単純な観光地の情景に収まってはいない。「月光の裾に薩摩の海引かれほの白きこそあはれなりけれ」も形状の構成力が豊かだ。

『霧島の歌』

ひぐらしが馬行く後に鈴振るや山の中なる三
またの辻

晶子の自然詠は写生とは違う。平面より立体の趣があり、空間性がある。そこに視覚、聴覚、嗅覚などの感覚を表す言葉が投入されて、読者を歌の中へおのずから誘い込む。独特のリアリティを感じさせるのだ。「三また」は植物の三椏ではなく三叉路の意ととりたい。

「斜して清き杉むらわが行くは渓をはさめる青すすき路」もまた空間性を生かした歌。霧島という自然の原初的なエネルギーを湛えた場所を移動しながら、「青すすき路」の爽やかな色彩をどこまでも楽しむ風情がある。慣れない旅ではあったろうが歌は充実している。

『霧島の歌』

第十一章　敬愛する人々への挽歌（山川登美子・石川啄木・上田敏・森鷗外・有島武郎）

背とわれと死にたる人と三人《みたり》して甕《もたひ》の中に封じつること

085

「明星」廃刊から半年も経たぬ明治四二年四月一五日、山川登美子は郷里の福井県小浜で肺結核のため死去。享年二九。「明星」で出会い、歌才だけでなく鉄幹（寛）を巡る恋のライバルでもあった。

〈夫と私と死んだあの人との三人で、甕の中に封じてしまったこと〉

封じた秘密はまた「挽歌《ひきうた》の中に一つのただならぬことをまじふる友をとがむな」の「ただならぬこと」でもあった。思わせぶりだが確信的で、誰がどう読むことも躊躇わぬ決意の表明と取ることもできる。

『佐保姫』

亡き人を悲しねたしと並べ云ふこのわろもの
を友とゆるせし

〈亡くなったあの人に、悲しくそして妬ましいと本音を並べる自分。こんな悪者の私に向けて、友達だからと許してくれたあの人でした〉

悲しいのは亡くした友が大事な人だから、妬ましいのは鉄幹（寛）が憔悴しているから。自らを「わろもの（悪者）」と明かし、相反する感情に心乱れるさまを率直に詠んだ。「君病みてのちの五とせわれがほに歌よみし子は誰れにかありけむ」も内省の歌。友が病を患って以来の「五とせ」の間、敵なしとばかり得意げに詠み続けた、そんな自らへの忸怩たる思いだ。

『佐保姫』

しら玉はくろき袋にかくれたりわが啄木はあ
らずこの世に

明治四五年四月一三日、石川啄木は結核により二六年の生涯を終える。小説家を目指して挫折、歌集『一握の砂』（明治43・12）を世に問うた後、急激に衰えた。与謝野夫妻は貧しいけれど利発な啄木に眼をかけ、啄木もまた晶子を「親身の姉の様な気がする」と日記（明治41・7・28）に記す。

〈しら玉にも似た優れた才能の持ち主の啄木が、死という黒い袋に隠れてしまった。私の弟のような啄木はもうこの世にはいないのです〉

「わが啄木」に晶子の慟哭がこもる。パリ行き直前の晶子だった。

『夏より秋へ』

啄木が嘘を云ふ時春かぜに吹かるゝ如くおもひしもわれ

北海道を遍歴した後、作家となるべく啄木が上京したのは明治四一年四月二八日頃。当初から生活に困窮し借金を重ねるが、才気煥発で周囲を煙に巻く軽口を叩き、見え透いた嘘も愛嬌があった。

「春かぜに吹かるゝ如く」に晶子と啄木との温かい交流を感じさせる。「ありし時万里と君のあらそひを手をうちて見きよこしまもなく」は、同じ「明星」の平野万里と啄木が口論し、晶子が姉の立場で邪気なく仲裁した記憶を詠んだのだろう。早逝した啄木への哀悼の念がこもる挽歌である。

「東京日日新聞」

谷中なる塔のわりなし其横に博士を納む塔のわりなし

翻訳詩集『海潮音』（明治38・10）で知られる上田敏は、また晶子の秀でた歌才を生涯にわたり惜しみなく讃えた人でもあった。『みだれ髪』刊行直後に世の批判に対して逸早く反論したのも敏。歌集『春泥集』序文では、紫式部や清少納言以上と断定し「後世は必らず晶子夫人を以て明治の光栄の一とするだらう」と結んだ。

しかし敏は大正五年七月九日、尿毒症で急逝する。享年四一。谷中霊園に埋葬される。「塔」は昭和三二年に焼失するまで谷中のシンボルだった五重塔だろう。「わりなし」は堪え難く辛いの意。静かな霊園に快活だった敏の墓が加わる不如意を挽歌に込めたのだろう。

『晶子新集』

うづだかき書《ふみ》にも似ざる千駄木の淋しき庭に
足らひ居ませし

晶子が最も尊敬した文学者は森鷗外だった。鷗外もまた晶子の才能を愛し、晶子が渡欧するに際してはさまざまな便宜を図ったり、晶子に代わり『新訳源氏物語』の校正を引き受けもした。鷗外の逝去は大正一一年七月九日。

〈うず高く積まれた書籍の多さと比べ千駄木の邸宅の庭の樹木は淋しいほどでしたが、先生はご満足でいらっしゃいました〉

鷗外の住居は観潮楼と呼ばれ、明治四〇年三月から約三年間、歌会が催された。現在その敷地に文京区立森鷗外記念館が建てられ庭も残されている。

『流星の道』

君亡くて悲しと云ふを少し越え苦しと云はば
人怪しまん

『瑠璃光』には「有島武郎氏を悲みて」の詞書を持つ一六首がある。大正一二年七月、無惨な姿で発見された有島の人妻との心中事件は世間を騒がせた。晶子はその死を「悲し」以上の「苦し」と白状し、もし他人が自分の思いを聞いたら「人怪しまん」と想像する。

「しみじみとこの六月《むつき》ほどもの言はでやがて死別の苦に逢へるかな」とも詠む。二人の間にかつては通うものがあったのにとの吐露である。大正五年に有島の妻・安子が早逝した頃に知り合い、強く惹かれ合ったらしい。中年の恋の顚末はこのように詠み残された。

『瑠璃光』

第十二章　寛の死、晩年を生きる（夫の死後に残された時間を見詰める・太平洋戦争勃発）

青空のもとに楓のひろがりて君亡き夏の初まれるかな

昭和一〇年三月二六日、与謝野寛（鉄幹）逝去。享年六二。その一ヶ月前に風邪を引いたのが原因かと四女・宇智子は『むらさきぐさ』で記す。寛は発熱の中で遠来の客をもてなし、慶應病院に入院中、急逝した。

与謝野夫妻の雑誌「冬柏」（昭和五年三月創刊）に、晶子は昭和一〇年五月「寝園」一〇六首を発表。うち八七首が『白桜集』に収録された。掲出歌はその一首目。眩しい青空、初夏の楓の瑞々しさを共に愛で味わうべき夫はこの世にいない。喪失感が切ない。

『白桜集』

筆硯煙草を子等は棺に入る名のりがたかり我

れを愛できと

「寝園」には寛を悼む優れた挽歌が並ぶ。

〈遺愛の品の筆、硯、煙草を子供たちは夫の棺に納めました。でも何よりも夫が愛したのはこの私でした。あえて名乗ることはしないけれど、ここに納められるべきは私なのです〉

晶子らしいあけすけで深い愛の表明と言える。

「神田より四時間のちに帰るさへ君待ちわびきわれはとこしへ」は寛の入院中の回顧。「なきがらの双手《さうしゆ》やうやくたゆからん組みたるままのおん五十日」は土葬の寛を想像し不思議なリアリティがある。


『白桜集』

亡き人の古き消息人見せぬ多少は恋にわたりたる文

「寝園」には複雑な感情をにじませる歌もある。「亡き人」つまり夫・寛が生前ある人に送った手紙を見せられた。「多少は恋」を匂わせる内容の手紙であることに、晶子は穏やかならぬものを感じたという歌。

「手をわれに任せて死にぬ旧人を忘れざりしは三十とせの前」も似た心情。夫は私が手を取るのに任せて亡くなった。けれども「三十とせの前」に、夫は「旧人」にその手を与えたのではなかったか、との趣旨だろう。「旧人」は登美子か。

『白桜集』

冬の夜の星君なりき一つをば云ふにはあらず
ことごとく皆

初出は「冬柏」昭和一〇年一二月。

〈私に向かってきらきらと光る冬の星はあなたでした。どの星かと一つを指して言うわけでなく、すべてがあなたでした〉

冬の星々が語り掛けるようにまたたくのを見上げる晶子の孤独が滲む。

与謝野夫妻は子供たちと共に昭和二年、終の棲家となる現在の東京都杉並区荻窪に転居。二棟は「采花荘《さいかそう》」と称し、甲州や足柄連山を眺望できる棟はまた「遥青書屋《ようせいしょおく》」とも呼ばれた。


『白桜集』

帰源院我れ亡びずて御仏に香焚く春の重れるかな

「冬柏」昭和一五年三月の連作「忌月」五首は、同月一〇日に営まれた冬柏院《とうはくいん》（寛）への誦経の折の作。掲出歌はその中の一首。鎌倉円覚寺の帰源院は昭和一〇年七月七日に冬柏院の百箇日法要を営んだ場所でもある。

寛の死後五年余りを経た晶子の心情が「我れ亡びずて」に示された。あれほど嘆き悲しんだというのに、自分は生き長らえて夫を偲ぶ五年目の春を迎えた、というのだ。逝去後の「思ひ出は尺とり虫がするやうにこくめいならず過現無差別」（昭和10・5）の境地とはすでに異なる地点に至っているのがわかる。

『白桜集』

木《こ》の間《ま》なる染井吉野の白ほどのはかなき命抱
く春かな

「冬柏」昭和一六年五月から七月の連作「白昼夢」の巻頭歌。晶子は前年五月に脳溢血で倒れ半身不随。一年を経てもベランダを散歩したりする程度の回復で、次男・秀《しげる》の一家が同居し介護を受ける。六二歳だった。

生命力の衰えを「木の間なる染井吉野の白ほど」と比喩する力量はさすがと言うべきだろう。一連の「自らは不死の薬の壺抱く身と思ひつつ死なんとすらん」は『竹取物語』に想を得たか。すでに死の予感を抱く晶子だった。

『白桜集』

わが上に残れる月日一瞬によし替へんとも君
生きて来よ

「冬柏」昭和一六年の連作「白昼夢」中の六月の作。残された命、残された月日のすべてと引き替えてもいいから一瞬なりと亡き夫が生き返ってくれたら、と呼びかける。哀切な心の叫びが聞こえてきそうだ。

同じ時期の「危しと命を云はず平らかに笑みてわれあり友尋ね来よ」は、命を案じて私を見守るのではなく、穏やかに微笑んでいる自分に会いに来てほしい、と友に願う歌。命衰える日々の寂しさを噛み締める晶子だった。

『白桜集』

わが立つは十国峠光る雲胸に抱かぬ山山もな
し

昭和一六年七月二八日から九月三日まで、晶子は山梨県上野原の療養所「依水荘」で過ごす。体調も安定して周囲を喜ばせたらしい。寝台自動車で東京に戻る際、かつて夫と山々を眺めた十国峠に立ち寄って詠んだ歌。

〈私がいま立っているのは懐かしい十国峠。日射しを受けて光る雲を、山という山すべてが抱いているように見えます〉

「胸」は「山山」を擬人化しての表現。生き生きと対象を捉える大胆な作風はやはり晶子らしい。

『白桜集』

水軍の大尉となりてわが四郎み軍に往く猛く
戦へ

100

昭和一七年一月、晶子は「冬柏」に「峰の雲」一連を発表。生前最後の作品となる。うちの六首は「四郎」つまり四男の昱（アウギュスト）の出征に寄せる母の歌。
　他には「子が船の黒潮越えて戦はん日も甲斐なしや病ひする母」「子が乗れるみ軍船のおとなひを待つにもあらず武運あれかし」「戦《いくさ》ある太平洋の西南を思ひてわれは寒き夜を泣く」。息子を案じる思いの深さは出征した弟を案じた詩「君死にたまふことなかれ」に通じるものだろう。

『白桜集』

解説　ありとある悲《かな》しみごとの味《あぢはひ》の〜恋の歌人・晶子の歌と人生

松平盟子

　与謝野晶子の名を聞き、その短歌を思う時、まずイメージされるのは鉄幹との激しい恋であったり大胆な女性の身体表現であったりするのではないか。それは歌集『みだれ髪』の代表歌がまとう華麗な色彩感やナルシスティックな表現ゆえのことだが、その輝かしさを素敵だと感じる読者もいれば、どうも苦手だ、嫌悪を感じると拒否する読者もいる。両極端の反応が起こるのが、晶子の若い頃の短歌の特徴かもしれない。それほどまでに強烈な個性が晶子短歌にはあるということなのだろう。

　晶子短歌が好きだ、心惹かれるという読者には、『みだれ髪』以後の歌の変化や深化も本書で知っていただきたい。歌集、詩歌集の数は実に二十冊を超えるからだ。評論集なども多数で、歌人に留まらぬ幅広い文学活動を続けた意志と、一方で味わった多難な人生に生起する苦悩は、中年期を経て複雑で微妙な彩りを歌に与えた。生涯で五万首とも言われる歌数の多さは確かにおどろくべきことだが、それ以上に光と影のそれぞれを含んで多様な歌世界を作り上げている。晶子短歌を知りたい理解したいと願う読者のささやかな水先案内が本書でできればと思う。

反対に『みだれ髪』ですでに興味を失った、晶子短歌から遠ざかってしまった、という読者には、現代と同様に女性が働き家計を担いながら、何があっても歌を忘れず、詠うことで人生を支える生き方を晶子が選んだことに目を向けてほしい。晶子短歌には時に派手な趣向や自己肯定の強さが前面に出て、それを自我の強さと押しの強い鬱陶しさと捉える人があるのは事実だ。けれども、百年前の女性への抑圧が強かった時代に、晶子短歌によって励まされた読者がたくさんあったことも、また確かなことだった。子供や草木に注がれる眼差しの優しさや瑞々しさも恋の歌とはまったく違う。そのような部分を含めて本書の晶子短歌に付き合ってみようと思っていただけたらありがたい。

個人的なことながら、私が晶子に関心を持ったのは大学を卒業して二年程経ってからのことだった。講談社版『定本　與謝野晶子全集』二〇巻が発刊されるという新刊紹介の宣伝か記事を見て、気持ちがそそられたのを発端とする。最初の配本は、第一巻『歌集一』（昭和54）。『みだれ髪』（明治34）から『常夏』（明治41）までの七冊の歌集が収められていたが、私が知っていたタイトルは多分『みだれ髪』と『舞姫』だけだった。勢い込んでページを開いてみたものの、初手からつまずいてしまった。

その子二十櫛にながるる黒髪のおごりの春のうつくしきかな
髪五尺ときなば水にやはらかき少女ごころは秘めて放たじ
清水へ祇園をよぎる桜月夜こよひ逢ふ人みなうつくしき

などの超のつく名歌はすっと心に入って来る。けれども大半は意味がわからず、すっかり戸惑ってしまった。絢爛たる言葉の間に思いがけぬ歎きや悲哀が覗いても、一首の内容がほとんど把握できない。背景に潜む感情の揺れの理由がわからない。そんな歌があまりに多かった。晶子短歌は難しい。手ごわい。しかし晶子の思いの迫力は意味を超えて迫ってきた。それ以来の長い長い晶子との付き合いだ。

晶子の短歌は、彼女の人生の実際を知ることでより深く理解できる。
目次に示した十二章は、彼女の人生の十二のテーマでもある。その彩りは目次からだけでも察せられるのではないか。恋の熱狂を経た後の生活苦に耐える日々、歌人として脚光を浴び才能を伸ばした光の部分もあれば、雑誌「明星」廃刊と夫の失意や自虐に苦悩する影もあった。出産という女性ならではの宿命に命を賭けつつ、死の恐怖も味わった。当時の女性としては極めて稀な渡欧、パリ滞在という体験を通して、広く社会へと視野を広げもした。晶子の才能を愛した森鷗外や上田敏のような人々との交流もあった。

晶子は思いのすべてを短歌に託したわけではない。そこから外れたり盛り込めなかったものは、詩、評論、随筆、小説などさまざまなジャンルに振り分けて挑戦し、書き記したように思われる。一方で、チャレンジャーであった晶子自身も、すべてのジャンルに秀でているとは考えていなかった。最初の短編小説集『雲のいろいろ』は、世に出したくないけれど仕方なく刊行する、とその不出来さを序文に明かしている。

また発刊数では歌集に負けないほどの仕事をした評論集についても、当初は文章が洗練されず、筆運びにはもたつきがあった。タイトルを見るだけでわかることだが、最初の二冊の『一隅より』『雑記帳』は控え目で、どこか自信のなさも漂うのだ。それが三冊目の『人及び女として』以降を見ると、いわゆる大正デモクラシーの勢いに乗り堂々と自説を述べていった確信性と迫力がタイトルから透けて見える。

しかしそれとは裏腹に、大正期の晶子短歌は陰影を深め、成熟した女性としての眼差しが随所に感じられるようになる。若き日の恋の歌とは一味も二味も違う夫婦愛や、中年晶子の吐息の所在をその短歌から汲み取ってほしい。親しい人、敬愛する人を次々と失い、老いを強く意識するようになって以後の晶子の歌もいぶし銀の魅力を湛えている。

晶子短歌をより深く鑑賞していただくために略年譜を用意した。また刊行された著書のほとんどと、出産した子供たちの名前も列挙した。彼女の人生の流れと仕事ぶり、その間を縫うように繰り返された出産を通して、晶子とはいったいどのような女性であり歌人であったかが理解しやすくなるのではと思う。

●晶子略年譜●

一八七八年（明治11）一二月七日、大阪・堺に生まれる。父・鳳宗七、母・津祢の三女。本名・志よう。生家は和菓子老舗の駿河屋。

一九〇〇年（明治33）五月、与謝野鉄幹の機関誌「明星」に参加。八月、鉄幹、山川登美子らと堺の高師の浜に遊び歌会をおこなう。一一月、鉄幹、登美子と京都に遊び一泊。登美子、年末に郷里で結婚。

一九〇一年（明治34）一月、鉄幹と晶子、京都で再会し二泊。六月、上京。八月、歌集『みだれ髪』刊。文壇の話題となる。秋、鉄幹と結婚。

一九〇三年（明治36）父・宗七、脳溢血で逝去。

一九〇四年（明治37）九月、長詩「君死にたまふことなかれ」発表。評論家・大町桂月から批判され「ひらきぶみ」で反論する。

一九〇七年（明治40）母・津祢死去。

一九〇八年（明治41）一一月、「明星」百号で廃刊。

一九一一年（明治44）寛（明治38年、鉄幹から本名にもどる）、渡欧。パリ到着。

一九一二年（明治45・大正元）五月、シベリア鉄道経由でパリへ。モンマルトルに滞在。ロダンを訪問。ロンドン、ウィーン、ベルリンなど夫婦で旅。一〇月、単身で帰国。

一九一三年（大正2）寛、帰国。長編小説「明るみへ」連載（朝日新聞）。

一九二一年（大正10）四月、文化学院の学監に就任。一一月、「明星」復刊（～昭和2）。

一九二三年（大正12）九月、関東大震災。『源氏物語講義』草稿を焼失する。

一九二八年（昭和3）五月～六月、満鉄の招請で寛と満蒙旅行。張作霖爆殺事件に遭遇。

一九二九年（昭和4）七月～八月、改造社社長・山本実彦の招きで夫婦、九州旅行。

一九三〇年（昭和5）「冬柏」創刊。夫婦での全国への旅の記録が載る。

一九三五年（昭和10）三月二六日、寛逝去。享年六二。多磨霊園に埋葬。
一九四〇年（昭和15）五月、脳溢血で倒れ、以後半身不随。
一九四二年（昭和17）五月二九日、晶子永眠。享年六三。遺歌集『白桜集』刊。

●ジャンルを問わぬ晶子の著書●

＊歌集（詩歌集・共著ふくむ）

明治期：『みだれ髪』（明治34）『小扇』（明治37）『毒草』（明治37）『恋衣』（明治38）『舞姫』（明治39）『夢之華』（明治39）『常夏』（明治41）『佐保姫』（明治42）『春泥集』（明治44）『青海波』（明治45）

大正期：『夏より秋へ』（大正3）『さくら草』（大正4）『朱葉集』（大正5）『舞ごろも』（大正5）『晶子新集』（大正6）『火の鳥』（大正8）『太陽と薔薇』（大正10）『草の夢』（大正11）『流星の道』（大正13）『瑠璃光』（大正14）

昭和期：『心の遠景』（昭和3）『霧島の歌』（昭和4）

その他：改造社版『与謝野晶子全集』（『心の遠景』以後昭和九年までの単行本として刊行されなかった作品が、八冊分のタイトルを付した形で収録）

遺歌集：『白桜集』（昭和17）（寛没前年の昭和九年〜晶子没の一七年の短歌）

＊評論集＝『一隅より』（明治44）『雑記帳』（大正4）『人及び女として』（大正5）『我等何を求むるか』（大正6）『愛、理性及び勇気』（大正6）『若き友へ』（大正7）『心頭雑草』（大正8）『激動の中を行く』（大正8）『女人創造』（大正9）『人間礼拝』（大正10）『愛の創作』（大正12）『砂に書く』（大正14）『光る雲』（昭和3）『街頭に送る』（昭和6）『優勝者となれ』（昭和9）

＊古典評釈・古典鑑賞＝『新訳源氏物語』（明治45）『新訳栄華物語』（大正3〜4）『和泉式部歌集』（大正4）『新訳紫式部日記・新訳和泉式部日記』（大正5）『新訳徒然草』（大正5）『新新訳源氏物語』（昭和13〜14）

＊小説・戯曲集＝『雲のいろいろ』（明治45）『明るみへ』（大正5）

＊詩集＝『晶子詩篇全集』（昭和4）

＊歌論集・注釈書＝『歌の作りやう』（大正4）『短歌三百講』（大正5）『晶子歌話』（大正8）

＊紀行文集＝『巴里より』（大正3）『満蒙遊記』（昭和5）

＊その他＝『おとぎばなし少年少女』（明治43）など童話集、少女向け小説集

『女子のふみ』（明治43）手紙指南書

『女子作文新講』（昭和4）教科書副読本

『与謝野晶子歌集』（昭和13）『新選与謝野晶子集』（昭和15）など自選アンソロジー

●与謝野家の子供たち●

長男・光＝明治35年生まれ〈命名は文学者で訳詩集『海潮音』著者の上田敏〉
次男・秀＝明治37年生まれ〈命名は詩人の薄田泣菫〉
長女・八峰、次女・七瀬＝明治40年生まれ〈森鷗外から贈られた歌により命名〉
三男・麟＝明治42年生まれ　　三女・佐保子＝明治43年生まれ
四女・宇智子＝明治44年生まれ　　四男・アウギュスト＝大正2年生まれ
五女・エレンヌ＝大正4年生まれ　　五男・健＝大正5年生まれ
六男・寸＝大正6年生まれ（二日後に死去）　　六女・藤子＝大正8年生まれ

最後に、次ページの晶子が晩年近くなって編んだ『与謝野晶子歌集』「あとがき」（昭和13年5月／岩波文庫）を読んでいただきたい。初期の自作短歌に及ぼした詩人らの影響に始まり、世の中で相変らず若き日の『みだれ髪』が評価されることへの不満が表明され、逆に近年の作品への自負が吐露された一文である。夫の寛が逝去する以前の全作品からの自選という。さまざまな思いが複雑に滲むところに、数え年で還暦を迎えた当時の晶子の本音が垣間見えるだろう。

私が歌を作り初めたのは明治三十年頃の二十歳前後からであったようである。(略)私は詩が解るようになって居ながら、また相当に日本語を多く知りながら表現する所は泣菫氏の言葉使いであったり、藤村氏の模倣に過ぎなかった。後年の私を「嘘から出た真実」であると思って居るのであるから、この嘘の時代の作を今日も人からとやかくいわれがちなのは迷惑至極である。(略)選んだのは昭和九年の秋までの作に限られて居る。その後のは(略)四千首はあろうと思われるのであって、うち三千首は世に問う自信があるものである。

晶子の死はこのあとがきを書いた四年後の五月二九日。子供たちや親しい人々に見守られてのことだった。

本書が読者にとって、晶子の人生や短歌に親しんでいただける契機となればとても嬉しい。

著者略歴

松平盟子（まつだいら　めいこ）

歌人、歌誌「プチ★モンド」編集発行人
愛知県生まれ。南山大学国語国文学科卒。「帆を張る父のやうに」により角川短歌賞。歌集に『プラチナ・ブルース』（河野愛子賞）『カフェの木椅子が軋むまま』『天の砂』『愛の方舟』など。著書に『母の愛 与謝野晶子の童話』『パリを抱きしめる』『書き込み式「百人一首」練習帳』など。古典芸能関連の著書に『文楽にアクセス』など。与謝野晶子のパリ滞在とその文学研究のため在外研究（1998～99年・国際交流基金フェローシップ・パリ第7大学）。現代歌人協会、日本文藝家協会会員。国際啄木学会理事。明星研究会所属。

与謝野晶子の百首　Yosano Akiko no Hyakushu

著　者　松平盟子

二〇二三年七月七日　初版発行

発行人　山岡喜美子
発行所　ふらんす堂
〒一八二-〇〇〇二　東京都調布市仙川町一-一五-三八-二階
電　話　〇三（三三二六）九〇六一
FAX　〇三（三三二六）六九一九
URL　http://furansudo.com/
E-mail　info@furansudo.com
振　替　〇〇一七〇-一-一八四一七三
装　幀　和兎
印刷所　三修紙工㈱
製本所　三修紙工㈱
定　価　本体一七〇〇円＋税

ISBN978-4-7814-1544-4 C0095 ¥1700E